Alphabet Fiesta

An English/Spanish Alphabet Story
illustrated by young schoolchildren in Spain

Anne Miranda

Turtle Books   New York

Aa

One sunny day in April, Armando the armadillo received a special letter in the mail from the mother of Zelda the zebra. It was an absolutely adorable invitation to a surprise party for Zelda.

Un día soleado de Abril, Armando, el armadillo, recibió de la madre de Zelda, la cebra, una carta especial. Era una invitación absolutamente adorable. Le invitaban a la fiesta sorpresa de Zelda, la zebra.

B b

When Bartholomew the burro got his invitation, he got dressed in his best clothes and put on his beautiful red boots. Then Bartholomew jumped on his bicycle and rode off to the party.

Cuando Bartolomé, el burro, recibió la invitación se vistió con sus mejores ropas y se calzó sus bonitas botas rojas. Después Bartolomé se montó en la bicicleta y salió rumbo a la fiesta.

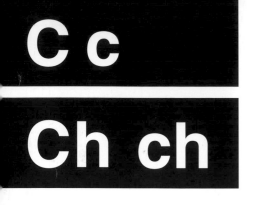

C c

Ch ch

Carlos the camel chose a cute basket
for Zelda's birthday present.
Chi-Chi the chimpanzee filled the basket
with Zelda's favorite treats—coconuts,
cherries, chestnuts, and chocolate!

Carlos, el camello, eligió una cesta
bonita como regalo para Zelda.
Chichi, el chimpancé, llenó la cesta con
las chucherías preferidas de Zelda,
¡cocos, cerezas, castañas y chocolate!

C c

Ch ch

Dd

David and Diane the Dalmatians did not have difficulty deciding what to bring. David and Diane decided to bring a dozen boxes of dominoes.

David y Diana, los dálmatas, no tuvieron dificultad al decidirse por el regalo. David y Diana decidieron traer una docena de cajas de dominó.

Dd

E e

Eve the elephant picked up her friends on the way to the party. Eve hoped all eleven emus would fit inside her elegant car.

Eva, la elefanta, recogió a sus amigos camino de la fiesta. Eva esperaba que los once emús entraran en su elegante coche.

E e

Ff

Flora and Francis the flamingos thought flowers would make the party more festive. Flora and Francis picked a fantastic bouquet of fragrant flowers by the lake.

Flora y Francisco, los flamencos, pensaron que las flores harían la fiesta aún más festiva. Flora y Francisco recogieron un ramo de fragantes y fantásticas flores en el lago.

G g

Gregory the goose got his instruments, a guitar and a guiro, to entertain the guests. Gregory said good-bye to Gloria and went to join the group.

Gregorio, el ganso, buscó sus instrumentos, la guitarra y el güiro, para entretener a los invitados. Gregorio se despidió de Gloria y fue a reunirse con el grupo.

G g

Hh

Hector the hippopotamus had a hunch
Zelda might get hungry at her party. So
Hector made a huge plate of hamburgers.

Héctor, el hipopótamo, sospechó que
Zelda tendría hambre durante la fiesta.
Así que preparó un plato grandísimo de
hamburguesas.

I i

Isabelle the iguana and Irma the ibis
had an ingenious idea. Isabelle and Irma
inflated so many birthday balloons it
was indeed an incredible sight to behold.

Isabel, la iguana, e Irma, la ibis,
tuvieron una idea ingeniosa.
Isabel e Irma inflaron tantos globos
de cumpleaños que fue realmente un
espectáculo increíble.

I i

J j

James the Jaguar jumped for joy when he got his invitation to the party. James brought jars and jars of jelly from the jungle for Zelda.

Jaime, el jaguar, saltó de júbilo al recibir la invitación para la fiesta. Jaime trajo jarras y jarras de jalea de la jungla para Zelda.

Jj

Kk

Kiki the koala made a big batch of delicious kiwi tarts. Kiki paddled her kayak filled with the tarts to the surprise party.

Kiki, el koala, preparó un montón de tartas de kiwi deliciosas. Kiki remó en su kayak para llevar las tartas a la fiesta sorpresa.

Lawrence the leopard made lemonade from lots of yellow lemons for all the thirsty party guests. Louise the llama made little pastries filled with luscious lime custard.

Lorenzo, el leopardo, preparó limonada usando muchos limones amarillos para los sedientos invitados. Luisa, la llama, preparó empanadas rellenas de lujuriosa crema de limón.

Mm

Michael the monkey left for the party at midnight. He took a mound of melons and mangos on his mother's magnificent motorcycle.

Miguel, el mono, salió para la fiesta a medianoche. Miguel se llevó un montón de melones y mangos en la magnífica motocicleta de su madre.

N n

Ñ ñ

Nestor the nightingale went to the party with his neighbor Iñaki the gnu. They needed to travel all night long on the number nine bus.

Nestor, el ruiseñor, fue a la fiesta con su vecino Iñaki, el ñu. Tuvieron que viajar toda la noche en el autobús número nueve.

O o

Olive organized an orangutan orchestra to play at Zelda's party. Olive played music from an opera on her oboe.

Olivia organizó la orquesta de los orangutanes para que tocaran en la fiesta de Zelda. Olivia con su oboe interpretó una pieza de ópera.

Oo

P p

Paul the penguin wondered what he would wear. Paul put on a perfect pair of purple pants.

Pablo, el pingüino, no sabía qué ponerse. Pablo se puso unos pantalones preciosos de color púrpura.

P p

Q q

What did Quique the quetzal decide to take to the party? Quique took some exquisite Mexican quesadillas and a big wheel of Swiss cheese.

¿Qué decidió llevar a la fiesta Quique, el quetzal? Quique llevó unas quesadillas mexicanas y un queso suizo redondo y grande.

Q q

R r

Oh, how Rosie the rat loved red roses! Rosie took nine red roses to give to Zelda for her birthday.

¡0h! ¡Cómo le gustan las rosas rojas a Rosa, la rata! Rosa llevó nueve rosas rojas a Zelda como regalo de cumpleaños.

S s

Sarah the salamander skewered six savory sausages to serve at the party. The six sausages sizzled as Sarah seared them on the grill.

Sara, la salamandra, preparó seis sabrosas salchichas ensartadas, para servirlas en la fiesta. Las seis salchichas chirriaban mientras Sara las asaba en la brasa.

S s

T t

Teresa the turtle took the train from Toledo. Teresa arrived three hours later, just in time for the fun.

Teresa, la tortuga, tomó el tren desde Toledo. Teresa llegó tres horas más tarde, justo a tiempo para la fiesta.

U u

Ursula the unicorn made unbelievably good desserts. Ursula used her cooking utensils to prepare an unusual birthday cake for Zelda.

Úrsula, el unicornio, preparó unos postres increíblemente deliciosos. Úrsula utilizó utensilios en la preparación de una tarta de cumpleaños muy original para Zelda.

Uu

Vv

Violet the viper was never very vocal, so Violet vigorously practiced the birthday song on her violin.

Violeta, la víbora, nunca fue muy expresiva, así que Violeta practicó con vigor la canción de cumpleaños en el violín.

When Wendy the walrus spotted the first guest arrive, she grabbed her walkie-talkie. Wendy warned Zelda's mother that the guests were on their way.

Cuando Wendy, la morsa, divisó el primer invitado, agarró su walkie-talkie. Wendy avisó a la madre de Zelda que los invitados estaban llegando.

W w

Xx

At exactly 8 o'clock, the excited guests arrived at the gate. Xavier the fox played a song of welcome on his xylophone.

A las ocho exactamente, los excitados invitados llegaron a la verja. Xavier, el zorro, tocó una canción de bienvenida en su xilófono.

X x

Y y

Yul the yak brought Zelda to the party on his yacht. Yul smiled because Zelda had no idea what was going to happen next!

Yul, el yac, llevó a Zelda a la fiesta en su yate. ¡Yul sonreía porque Zelda no tenía ni idea de lo que iba a pasar!

Y y

Z z

SURPRISE!

¡SORPRESA!

The birthday girl couldn't believe her eyes. She was so surprised! What a wonderful time Zelda the zebra had with her mother and her friends at the zoo.

La homenajeada no podía creer lo que veían sus ojos. ¡Ella estaba tan sorprendida! ¡Que bien lo pasó Zelda, la cebra, en el zoo con su madre y sus amigos!